KB122260

부러지지 않는 나무

시인의 말

 날마다 들려오는 꽃소식에 정작 꽃향기가 없습니다.
 꽃바람이 불어도 꽃구경 못하고, 꽃향기에 취하지 못
하는, 마음들이야 어떨까요? 그들의 마음을 조금은 알
수 있을 것 같습니다.

 모든 것이 힘들다. 어렵다 하지만 겨울이 가고 기쁨의
봄 소식이 들려오듯 우리들의 삶에도 봄을 원해봅니다.

 오늘도 자연인으로서 꿈을 꾸며 아무도 찾지 않는 산
골 작은 카페 구석에서 들고나는 그림자들을 보며 마
음이 좋았다가 걱정되었다 합니다. 평안한 일상이 이
처럼 감사할 줄은 몰랐습니다. 소중한 하루의 생활에
만감이 교차할 때, 부족함을 잘 알지만 내 인생에서 또
한 걸음을 옮기어 놓습니다.

부러지지 않는 나무

  이곳에 시 한 편으로 위로와 힘을 실어놓습니다. 이 책을 함께하는 여러분들에게 한 번도 실수하지 사람은, 한 번도 새로운 것을 시도한 적이 없던 것입니다. 이전 것은 지나가고 있습니다. 더 이상의 아픔과 슬픔을 위로하며 섬김을 다하므로 아름다운 꽃과 같은 향기를 나누며 살아 갈 수 있길 원해봅니다.

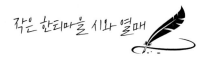

작은 한뜨마을 시와 열매

1부

기 ˋ 다 ˋ 리 ˋ 는 ˋ 꽃

3부

바 ﹆ 다 ﹆ 풍 ﹆ 경

4부

가 · 을 · 풍 · 경

5부

사 ˇ 랑 ˇ 하 ˇ 는 ˇ 동 ˇ 안

한 걸음

기
~
다
~
리
~
는
~
꽃

한 마리
나비 되어
그대 품에 날아가
잠을 청합니다.

무상 1.
결단

파도가 바위를 깨고
바람이 나뭇가지를 꺾는다.

무상 2.

경제

날마다 들려오는 꽃소식
정작 꽃향기가 없다.

부러지지 않는 나무

무상 3.

삶 1

머리가 하얗다.
가슴이 텅 비어가며
몸은 옛날같이 않다.

무상 4.

삶 2

봄이 춤을 춘다.
꽃이 춤을 춘다.
나는 춤을 추지 못한다.

무상 5.

삶 3

하늘에는 하늘길이 있고
바다에는 바닷길이 있고
시골길 끝에는 옛집 있는데
나의 인생에는 길은 없다.

무상 6.

삶 4

넘어질 듯 넘어질 듯
넘어지지 않는 갈대 사이로
황금물결이 펼쳐져
마음에 넉넉함을 가져온다.

부러지지 않는 나무

무상 7.

풍년

씨 뿌려 놓고 밟힐세라
노심초사 기다리니
쭉정이만 가득하다.

무상 8.

봄이

겨울이 고개를 떨구며
기나긴 이별을 고한다.

봄 손을 내밀어 보지만
겨울은 손을 잡지 못하고 이별을 고한다.

무상 9.

돌고, 돌고

세월이 지나면
아들이 아버지를 묻고
아버지가 아들을 묻는다.

무상 10.

허무

먹어도
먹어도
배고프고

울어도
울어도
눈물이 난다.

부러지지 않는 나무

무상 11.

왜 가느냐고

왜 가느냐고 묻는다면
어깨 위에 무거운 짐
내려놓아 가벼워지려고 간다고

그래도 왜 가느냐고 묻는다면
찌들고 찌긴 상채기
생명수에 깨끗이 씻고 치료하러 간다고

또 왜 가느냐고 묻는다면
아픈 것이나 곡하는 것이 없는 곳 찾아
평안과 위로를 받고자 간다고 하라

그래도 또 왜 가느냐고 묻는다면
믿음 하나만 가지고 구원을 얻으며
천국에 갈 수 있기에 간다고 전해라

삶 1.

무심(無心)

산이 거기 있어 산에 오르고
물이 거기 있어 목을 적신다.

길가 예쁜 꽃들
불혹 넘긴 마음 흔든다.

부러지지 않는 나무

삶 2.
비움

나무가 꽃을 버리고
나무가 잎사귀를 버리고
나무가 열매를 버린다.

삶 3.

비움

세월이 갈수록 버려야 한다.
세월이 갈수록 비워야 한다.
세월이 갈수록 놓아야 한다.

삶 4.

인생사

비를 맞고
더욱 푸르고 녹음 짙은
살아 있는 나무

비를 맞고
푹 썩어
죽어버린 나무

같은 비를 맞고
어떤 나무는 살아나고
어떤 나무는 죽고

같은 하늘 아래
누구는 웃고
누구는 울고
그래서 인생 이란다

삶 5.

빨래

빨래를 한다.
세탁기 안에서 이리저리 돌며
한바탕 춤을 추던 빨래들이
갑자기 두두두두 탈수가 되더니
때 빼고 광낸 모습으로 튀어 나온다.

팡팡 털어 주름 쫙 펴서
빨랫줄에 널어놓으니 패션쇼 한바탕

햇볕 받아 꼬들꼬들해진 옷
차곡차곡 곱게 개고 다려서
옷장 속에 넣으니 빨래 끝

삶 6.

달팽이

화초 위 꿈틀꿈틀
벽 타고 꿈틀꿈틀

느릿느릿 무거운 짐
남에게 맡기지 않고
홀로 짊어진 너

지어야 할 짐도 모르고
방황하는 나그네 보란 듯이
오늘도 느릿느릿 기어오르는 인고의 시간

어느 때는 시간은 참 **빠르게** 흘러가고
어느 때는 시간은 참 느리게 흘러가듯
나의 시간은 멈추지 않고 반백을 흘러간다.

마른 꽃

마른 꽃도 꽃인가?
꽃이 너무 예쁘다.
그러나 향기가 없다.

꽃이 예쁘다고 하듯
향기가 없으니
꽃이라 할 수 있을까?

살아있으니 꽃이다.
죽어있으니 꽃이다.
살아있으니 향기롭고
죽어서도 아름답다.

살아서도 이름이 있고
죽어서도 이름이 남는
그런 인생이고 싶다.

하이쿠 1

암컷을 두고
수컷들의 싸움
암컷은 없다

하이쿠 2

가고 오는 봄
향기 품어 날리는
님 찾는 나비

하이쿠 3

한낮의 정적
매미 소리가 크다
바위를 깬다

하이쿠 4

잠자리 하나
빨랫줄 내려앉아
꾸벅 졸고 있다

부러지지 않는 나무

하이쿠 5

모란이 질 때
만나자 약속한 님
그리운 망상

하이쿠 6

앙상한 나무
꽃에 숨바꼭질
살아 있다고

부러지지 않는 나무

봄 / 은 / 오 / 다

두 번째 걸음

흩어지기도 하고
날아가기도 하고
반짝거리기도 한
그곳에 내가 있다

봄 1.

그대의 품

그대
미소 지을 때
나는 행복합니다.

그대 손짓에
푸른 하늘 우러러
행복에 미소를 날리며

한 마리 나비
그대 품에 날아가
깊은 잠을 청합니다.

봄 2.

너를 기억할 거야

그대여
아픈 사랑을 잊지 마세요
그리고 날 기억해 주세요

굳은 땅
힘겨운 싸움 끝에
희망의 촉을 내어
소망의 기쁨을 준
너를 기억할 거야

봄 3.

당신의 손

나에게 내리쬐는 빛은
바로 당신의 손
그 손을 잡고
두꺼운 외투를 벗고
살랑살랑 바람 따라
정처 없이 방랑의 길을 나선다.

봄 4.

백목련

하얀 드레스를 입고
추운 거리를 나선다.
조금은 추운 듯
부끄러운 듯
불그레한 얼굴로
살며시 숙인 머리 위로
흰 백의 눈
따뜻한 모자를 만들어 준다.

봄 5.

언제나

겨우내 움츠렸던 노오란 산수유 꽃샘추위에 주춤하더니 개나리와 앞서거니 뒤서거니 활짝 피어나기 시작할 즈음 봄의 소리를 듣고자 땅에 손을 얻는다. 꽃이 피고 새가 울면 봄이 온다 하여 양지바른 무덤가에 앉아 하염없이 기다린다. 꽃은 피었고 새들은 노래하는데 아직 봄은 오지 않았다. 봄이 오면 무심이 흐르는 시냇물에 힘이 솟고 버들강아지도 예쁜 옷을 갈아 입었는데 냇가에는 개구리도 없다. 봄은 언제 오시려나 추어서 움츠린 마음에 찬바람 들어올까 봐 두꺼운 외투에 힘이 실린다.

봄 6.

제비꽃

담장 밑 제비꽃
아침이면 활짝 웃고
저녁이면 사라지네

한 송이 외로운 꽃
가녀린 몸짓으로
사랑을 간구한다.

꽃잎이 없다고
슬퍼하지 말고
노하지도 말자

오늘 지는 해가 있다면
내일 다시 활짝 웃는 태양이 있듯

오늘 아침 활짝 웃어주는
제비꽃 보며 싱그런 하루

봄 7.

꽃이 있어야

꽃이 있어야 나비도 있고
꽃이 있어야 벌이 날아온다.

꽃이 없는 곳에서
나비를 찾고
벌을 찾아 꿀을 찾으니
너라는 사람 참
못됐다. 못 되

봄 8.

봄을 부른다.

눈 덮인 흰 산이

아무리 무거워도

얼고 메마른

굳은 땅 위에도

차디찬 계곡 얼음 밑에도

저 북서풍이 부는 하늘 위에도

꽃이 피고

송사리가 헤엄치며

새는 하늘 높이 날아오른다.

봄 9.

꽃이 있어야

봄은 온다.
도둑고양이처럼 다가온다.

긴 겨울밤을 뚫고서
그때 즘이면 귀가 먼저 알고
간지럼을 태울거야

봄 10.

봄을 부른다.

떨어진
육신이
바싹 말랐다.

잿빛
몸뚱이에는
상흔이 있는데

이리 뒹굴고
저리 뒹굴어
모여든 널 불에 태우며
봄을 부른다.

(밭둑에 불놓기)

부러지지 않는 나무

봄 11.

봄소식

봄소식에 햇살 샤워 좀 해야겠네요.

(옷장 정리하면서)

봄 12.

봄 비

겨울비냐
봄비냐

밤새 젖은 땅에
웃음 머금은 시금치

웃긴다 웃겨
겨울비면 어떻고
봄비면 어때서

향긋한 흙내음
킁킁!
봄 내음
좋다.
참 좋다.

부러지지 않는 아픔

봄 13.

금쪽같은 비

비가 왔어요.
힘들게 심은
고구마, 단호박
모두 시들었는데
상추, 오이, 가지, 고추, 배추, 열무
밭에 있는 것들이 비를 맞아요.
금쪽같은 비를,
이제 쑥쑥 자라겠지요.

봄 14.

꾸벅

어제도 꾸벅

오늘도 꾸벅

내일도 …

오로지

당신만

기다림

봄 15.

모든 것에

따스함에
달콤함에
시원함에
모든것이
나의마음
녹아졌네

봄 16.

만남을

생각보다 오래
생각보다 많이
생각보다 기다려

표현했고
얘기했다
고백했다

너와 나의 사랑을
너와 나의 만남을
우리 사랑이 이루어지겠지.

봄 17.

꽃다발

향기가 나는 꽃
꽃잎 무성한 꽃
가시가 없는 꽃

꽃다발 한 아름
바치고 싶은 날
바로 오늘입니다.

봄 18.

봄비

봄비가 온다는 소리
해가 높이 떠 웃을 때면
무지개 우산이 들려져 있다.

봄비가 내린다
우산을 펴지도 않았는데
번개와 함께 무섭게 내려온다

봄비가 멈춘다
비가 머물다 간 자리에 조금만 구덩이
요란하게 내렸지만 작은 구멍 하나로 만족하네

그래서 봄비가 좋다.

봄 19.

사랑의 비

우산 하나
나의 몸 하나 가리겠지만
사랑의 빗물은 가릴 수 없네

사랑의 비가 내리네
두 눈을 꼭 감아도
비가 내리네
귀를 막아도
뜨거운 비가
비가 내리네

쉬지 않고 비가 내리네
뜨거운 사랑의 비가
내 몸을 적셔다오

길가 꽃잎 우산 없이 비를 맞고

꿈속에 활짝 피었네

밤새 창을 두드린 비

나의 간절한 소리를 듣고있나

비야 나를 적셔다오

비야 그를 적셔다오

아픈 만큼 성장하고 있음 알 수 있다

(실연의 아픔을 눈물을 비로 표현)

봄 20.

벚꽃 필 때

벚꽃이 사라진다
환희가 사라진다
소망이 사라진다

구경거리 사라지고
상춘객도 사라지고
일거리도 사라졌다

봄 21.

봄꽃보다 붉어라

그리운 님 찾아 얼굴 내밀고
부끄러워 양 볼에 붉게 물 들었나
정겨운 만남에 얼굴에 분칠을 했나
붉다 봄꽃보다 예쁘다.

부러지지 않는 나무

봄 22.

꽃구경

봄이면 많은 꽃이 피는데
왜 꽃구경하면 벚꽃을 찾지

세상의 꽃들이 다 아름다운데
왜 벚꽃을 찾지

활짝 핀 벚꽃 속
서 있는 감흥이야 무엇에 비할까?

오고 가는 사람 속에 꽃을 보나
나를 보려고 하나 헷갈리는 하루

아름다운 꽃을 피우면
조금이라도 더 오래 피어 있으려 하지만

나는 '가늘고 길게' 필기 원하네
'짧고 굵게' 피우는 벚꽃

활짝 핀 벚꽃 찾아
너나없이 몰려가듯

온 세상을 환하게 밝히며
꽃구경하는 삶이 되길 원하여본다.

봄 23.

꽃 피는 봄에는

꽃 피는 봄에는
꽃만 봐도 절로 감탄이
입가에 미소가 생긴다

산과 들에 꽃들이 만개한다.
꽃들이 각자의 이쁨을 뽐내며
바람에 살랑살랑 춤을 춘다.

꽃 피는 봄에는
님에 손잡고 나들이 가고 싶다.
도시락 챙겨 꽃 속에서 쉬고 싶다.

꽃 피는 봄인데
지금은 조심해야 한다고 한다.
코로나바이러스가 힘을 다해 공격하니 걱정이다.

꽃구경 가고 싶다.
나들이 가고 싶다.
사랑 하는 님 보고 싶다.

내년 꽃 피는 봄에는
나들이 가면 좋겠다.

부러지지 않는 나무

봄 24.

유채꽃 사람

노란 유채꽃을 보며는 어머니가 그립다.

한계리 벌판에서 유채꽃밭은 본 적이 없는데
마당 한 켠 하우스 안에서는 봄날이 익어간다.

봄은 늘 화사하다.
봄이 오니 꽃이 피는 것이 아니라
꽃이 피니 봄이 오는 것이라 하던 말이 기억에 남는다.

힘겹게 겨울 길을 걷는 이가 있다면
조금이나마 따듯한 봄 기운을 불어 넣어주고 싶다.
누군가에 언 가슴에 따듯한 말 한마디 건네줄 사람으로
살아가고 싶다.

봄 25.

장미의 기도

가시덤불 헤치며
피 흘리는 당신을
닮게 하소서

태양과 바람
흙과 빗줄기에
고마움 새기며
피어나게 하소서라는
무명 시인의 고백처럼 되게 하옵소서.

나의 뾰족한 가시들이
남에게 아픔 되지 않게 하시며
언제나 늘 겸손하게 하옵소서.

나 살아 있는 동안은
피 흘리게 하소서
죽어서 다시 피는
장미이게 하소서
언제나 늘 당신을 향한 마음 변하지 않게 하옵소서.
한 분 믿고 사랑하며 감사하게 하옵소서.

세 번째 걸음

바 ~ 다 ~ 풍 ~ 경

흩어지기도 하고
날아가기도 하고
반짝거리기도 한
그곳에 내가 있다

여름 1.

내가 찾고 싶은 사람

넓디넓은 바다에서
멸치 떼 떠다니고
갈매기는 끼룩끼룩
연인들은 하하 호호

높고 푸른 하늘에서
뭉게구름 헤엄치고
돌고래도 멋진 쇼
갈매기의 비행 쇼

푸른 바다 같은 사람
푸른 하늘같은 사람
돌고래 갈매기 같은 사람
내가 찾고 싶은 사람

여름 2.

파도 1

파도 밀려와 철썩철썩
바위의 따귀를 때리고
쏴아아 도망을 가네요.

바람 불어와 흔들흔들
나무의 멱살을 잡고서
휘이잉 도망을 가네요 .

내 마음에 살랑살랑
사랑의 꽃 피워놓고
저 멀리 도망가 가네요

여름 3.

파도 2

강하고 바람이 거센 곳
파도가 바람 따라 거센 곳

흩어지기도 하고
날아가기도 하고
반짝거리기도 한

그곳에 내가 서 있다.

여름 4.

파도 3

파도치는 소리
우리 아빠 목소리

세상에 소리는
파도 소리밖에 없을 것 같아

아주 큰 파도 소리
거센 바람 소리
귓가에 맴돈다

아빠의 호통 소리

여름 5.

파도 4

거세게 몰아치는데
파도 위로 흩날리는
물방울 따라
쌍무지개 뜨고

자연이 만들어낸 신기한 작품에
어느새 마음을 **빼앗겨버려**
조금 더 곁에서 즐기고 싶다 한다.

즐거움은 잠시 몰아치는 찬바람
옷깃을 세우고
부지런히 귀가 길에 선다

희망의 노래 1

오르는 이
내려오는 이
내려오는 이
오르는 이
어깨가 붙는다.

오르는 이는
내려오는 이를
부러워하지 않고
내려오는 이는
오르는 이를
부러워하지 않고

오르는 이
내려오는 이
산이 좋아
오르락내리락
내리락 오르락

오를 때가 있으면
내려올 때가 있고
내려왔으면
언젠가 또 오르겠지

능소화 1

가슴 아픈 전설을 안고
여염집 담장 사이로
아름답게 피는 능소화

화단의 다른 꽃들이 대부분 진 후
고고하게 피어난 능소화
초라한 모습을 보이기 전
통꽃 그대로 툭툭 떨어지네
태양이 이글거리는 한 여름날
담장 너머로 길게 고개를 내밀고
오고 가는 사람들에게
반갑게 웃어주던 능소화

트럼펫 맑고 고운 소리를 내며
청량한 붉은색의 자태 자랑하는
능소화 너처럼 살고 싶습니다.

여름 8.

능소화 2

여염집 담장 사이로
아름답게 피는 능소화

태양이 이글거리는 여름날
담장 너머로 길게 고개를 내밀고
오고 가는 사람들에게 반갑게 웃어주며
농익은 붉은색의 자태로
여름을 견뎌내는

그대 닮은 꽃

여름 9.

고운 빛

선홍색의 고운 빛깔이 어찌나 예쁘던지
능소화가 필 때면 고운 색깔에 늘 감탄을 합니다.

어떤 규수의 꽃 분홍 치맛자락 같은 고운 빛깔의 능소화
담장 넘어 바깥세상이 그리운지
나무를 올라타고 때로는 높은 담장을 올라타고
바깥세상을 내다볼 양으로 곱게 꽃을 피웁니다.

바깥세상이 그리워 담장에 가지를 걸쳐 피어난 능소화는
담장 밖에 사는 사람들을 볼 수 있어서 즐겁고,
담장 너머로 수줍은 듯 고운 빛깔의 꽃을 보여주어
이웃에 사는 우리들은 좋네요.

능소화가 여기저기 울타리를 타고 피어나는 지금!
능소화 고운 빛 보러 이 집 저 집 담 모퉁이에
발걸음이 기웃거리게 됩니다.

부러지지 않는 나무

여름 10.

붉은 꿈

능소화는
한 덩어리 파아란 불길이 되어 타올랐다
사나운 비바람에 능소화가 흔들렸다.

제 가슴에 붉은 꿈
커다란 꽃송이들이 자랑스러웠다

지열이 아지랑이로 피어오르는 날
목을 꺾고 꽃이 떨어졌다

한두 송이 꽃이 져도, 꽃이 져도 좋았다.

여름 11.

등대

바람이 거센 곳
파도가 거센 곳

몰려왔다 흩어지고
불어왔다 사라지고

그곳에 서 있다.

파도 닮은
바람 닮은

하얀 푯대.

그곳에 서있다
나도 서있다

부러지지 않는 여북

여름 12.

저수지

명암지를 보고
'바다다'
때 묻지 않은 심성
부럽다. 부러워

찬물을 붓는다
저수지야 저수지
그것도 몰라
참 거시기 하다

바다 풍경

파도 소리는
아빠 목소리
세상에서 가장 큰 소리

바람 소리
울 엄마 목소리
세상에서 가장 사랑스런 소리

몽돌 굴러가는 소리
우리 집 막내 목소리
세상에서 가장 애교스런 소리

파도 소리
바람 소리
굴러가는 소리까지
가장 행복한 우리 집

나그네

거세게 몰아치는 파도
부서지는 포말 마다
쌍무지개 뜨고

산책 나온 갈매기
해 걸음 바쁜 날개 짓

바닷길 열리는 날
바람 따라 떠나는 파도

여름 15.

길을 물어 보아지

살아가는 길
죽어가는 길
잘 사는 길
건강하게 사는 길

웃는 길
슬픈 길
즐거운 길을 묻지

나도 모른다 하지

남자들의 만찬

차 씨가 불러 모아 만찬의 자리가 펼쳐진다.

누구는 잘살고 누구는 어렵고 만찬장에 다양한 메뉴가
오른다.

씹고 씹어도 맛있다. 오랫 시간 먹고 먹고 먹었다.

그래도 배는 고프다

여름 17.

당신을 사랑해서

당신을 사랑해서
꽃을 피우고
향기를 가득 품고
열매 가득 맺으리

당신 아니라면
꽃을 피우고
향기를 가득 품고
열매가 무슨 의미가 있소

당신을 사랑해서
열일을 다해
꽃을 피우고
향기를 가득 품고
열매 맺어
당신과 함께 기쁨 나누리

부러지지 않는 나무

라떼 천국

헤븐 카페는 라떼 천국이다.

노래 잘하는 사람

시 잘 쓰는 사람

듣기를 좋아하는 사람

세 사람이 모여 라떼로 시작하여

라떼로 하루를 마무리한다.

끝없는 라떼 이야기

무거워진 눈꺼풀이 바위처럼 무겁다.

엉덩이에 난로불이 붙은 것 같다.

어떤 사람이 좋을까?

여름 19.

여름 날

나무 밑에 비 맞듯 서있다
옷 젖도록 서있다

왜

왜

왜

부러지지 않는 나무

여름 20.

전쟁

오늘도 감나무에
새 한 마리 놀다간다
잠시후 새 주둥이에
개구리가 물려있다

세상사 먹고 먹는다
먹고 먹다 보면
고통이 몰려 올 터인데
그래도 더 많이 먹으려한다

여름 21.

줄타기

비가 오다 해가 얼굴을 내밀며
빨래가 줄타기하고
나도 햇빛에 몸을 맡긴다

비 맞은 새들도 어느새 전봇대에 줄서고
강아지들은 철없는 아이들처럼 마당을 뛰어 다닌다

여름 22.

비를 맞는다

창문을 활짝 열어 젖히고
손 내밀어 비를 맞는다

낙수는 바위를 뚫는다는데
손가락을 간지럼핀다

무지개

소나기가 한줄기 지나간다

먼 산에 무지개가 다리를 놓는다

오작교가 놓였는데 함께 할 사람을 찾지 못했다

여름 24.

운동장에

여름방학 때 문득 찾아간 옛 초등학교 운동장
햇볕은 뜨거운데 아이들 소리는 사라졌다
운동장 미루나무 이파리 아이들을 불러 보는데
아이들은 듣지 못하는지 몰려오지 않는다

처마끝 쇠붙이 땡그랑 땡그랑 울려본다
그 많던 아이들 사라지고 휑하니 바람만 몰려온다
시끌벅쩍하던 교실에 내자리는 사라지고
거미 한 마리가 떠 잡고 공부하듯 칠판을 본다

삐그덕 삐그덕 마루바닥은 그대로 인데
정다웠던 친구들 하나 둘 떠나가 버리고
마당에 서있는 나무들은 친구들을 기다리고
나는 그곳을 떠나 먼 곳으로 가고 있다

여름 25.

평안

대청마루 바닥에
목침을 하고 누워
먼 하늘은 본다

매미소리 옛 노래 삼아
곤한 낮잠에 빠져본다

찬바람 코끝을 찡하게 할 때
깜짝 놀라 시끄런 일상으로 돌아 온다

부러지지 않는 나무

네 번째 걸음

가 ~ 을 ~ 풍 ~ 경

꽃잎의 눈물인지
하늘의 눈물인지
가슴에 눈물인지
가을비 그리움에

가을비

가을비 초연히
가슴 적시는 날
바라보기만 하여도
황홀했던 눈길의 첫 마음은
산산히 부서져 내리고
빗물에 담겨지는 그리움은
더욱 애달픈 미련이 됩니다.

만남을 기쁨으로
이별을 슬픔으로 기억해야 하는데
이 궂은비 오는 가을날
피지 못한 여린 정은
감색 꽃잎으로 채색되고
채색된 여린 꽃잎에 내리는 빗물은
꽃잎의 눈물인지
하늘의 눈물인지
내 가슴에 눈물인지
가을비 그리움에 내리어 갑니다.

가을 2.

가을이면

가을이면
골진 계곡에 낙엽이 쌓입니다.
제 풀이든 바람 곁이든
낙엽이 쌓이고 쌓이면
신열을 냅니다.

가을이 오면
여린 마음에 정이 쌓입니다.
순정이든 연정이든
정이 쌓이고 쌓이면
열정이 됩니다.

가을이 되면
표표한 소슬바람에
홀연 떨어지는 나뭇잎 하나가
목청 쉬는 흐느낌입니다.

부러지지 않는 나무

떨어져 가는 이별의 아림은

스산한 바람에 우수수 쓸려가는 그리움입니다.

가을 3.

느티나무

동네 어귀 늙은 느티나무
가을 해는 나이테 헤아리며 해찰을 떤다.

코스모스 듬성한 고샅 토담 위
팔랑팔랑 떨어지며 손 인사하는 감잎들

한낮 피해 샘터에서 진흙 발 씻어 내는
농투성이 늙은 어미에 굽은 등처럼
항상 그곳에 머문다.

그 곳에는 항상 웃음소리가 있다.

가을 4.

모과

줄기마다 묵은 껍질 조각이 벗겨져
상처투성이 얼룩무늬 나무
커다란 덩치에 분홍색 꽃 활짝
손바닥 만 한 잎 사이에 드문드문 피어
사람들 이목조차 받지 못하고
쓸쓸이 서 있는 얼룩무늬 나무

울퉁불퉁한 열매
누가 너를 못생긴 과일 이랴더냐
모양만 좋아하는 허세스런 이들
너의 향기 얼마나 고운지 모르고

한 모금 새콤 달콤 향
사람들이 관심을 보일 때면
메말라 단단하게 굳어져
나무 닮은 모습으로 돌아 서겠지.

가을 5.

누구는

천천히 어기적대며 걷고
천천히 느리게 생각하고

천천히 의자에 앉아 쉬고
천천히 하늘 바라보고

천천히 낙엽 줍고
천천히 산에 오르니
좋았더라 좋았더라.

천천히 가더라 세월도
천천히 가더라 시간도
천천히 추억을 만들고
천천히 새로운 그림을 그린다.

부러지지 않는 대나무

가을 6.

오솔길

솔숲 사이로 난 오솔길
구르는 솔방울
상수리 사이로 난 오솔길
구르는 상수리

바위 사이로 난 오솔길에
내가 오른다.

솔숲 사이 솔향기 가득하고
상수리 사이로 다람쥐 나들고
바위틈 사이로 내 빨간 모자
오르락 보였다 내리락 숨었다.

희미한 오솔길도
없어졌다가 나타난다.

산속 작은 음악회

커다란 나무 품에 안고 빙빙
나뭇잎 하나 손에 들고 후후
산새들 노래하며 덩실덩실
다람쥐 덩달아서 폴짝폴짝

산 까치 흥겨워 장단 맞추고
꽃님도 좋아라 향기 날리고
바람이 좋아라 낙엽 날리고
여기도 저기도 천상 하모니

귀가 깨끗해지고
마음도 시원해지는
정겨운 작은 음악회
스스르 잠이 든다.

가을 8.

가을인가

사계가 뚜렷한 아름다운 금수강산
꽃피고 새 우는 봄도 좋지만
나는 가을을 더 좋아한다.

억새 하얀 머리를 풀어
산들바람에 살그락 살그락 노래를 부르고,
은행잎은 나비가 되어 날아다니는 것도 좋다.

곡식이 황금으로 변하고
단풍들도 황금으로 바꾸니
이 어찌 기쁘지 않을까

가을 9.

가을 비

가을비가 스산히 내리는 날
멀리서만 바라보며 안아오던 사랑이
빗물에 흩날립니다.

그 튀는 방울마다
아스라한 추억은 아름다이 몰려와
가슴 헤집는 그리움이 됩니다.

봄에 오는 비는 사랑을 안겨주고
가을에 내리는 비는 이별을 알려 준다고
깊은 사랑하려는 사람은
봄비 오는 날 만나자하고
쉬이 사랑하려는 사람은
가을비 오는 날 만나자 하나

부러지지 않는 나무

봄이든 가을이든 사랑은 아픔 입니다
가을비처럼 서늘이 적시는 그리움입니다.
한 방울 튀는 빗물에도
가슴 울리는 연민의 정은
투명한 빗줄기에 울음이 되고
가을바람에 실려서 흩어져 떠내려가는
그리움이 됩니다.

가을 10.

그리움

가을이 오면
골진 계곡에 낙엽이 쌓입니다.
쌓인 낙엽은 바람결에
신열을 냅니다.

가을이 오면
여린 마음에 정이 쌓입니다.
쌓인 정은 뜨거운
열정이 됩니다.

표표한 소슬바람은
떨어지는 나뭇잎 하나의
목청 쉰 흐느낌입니다.

부러지지 않는 나무

가을비

가을비 초연히
가슴 적시는 날
바라보기만 하여도
황홀했던 첫 마음은
애달픈 미련이 됩니다.

만남을 기쁨으로
이별을 슬픔으로
궂은비 오는 가을날

감색으로 채색된 꽃잎에
내리는 빗물은
내 가슴에
그리움으로 밀려옵니다.

가을 12.

가을 풍경

낭창낭창한 바람
청량히 부는 들녘
노랑 바다 펼쳐진다.

부러지지 않는 나무

가을 13.

이별

어제 밤 내린 가을비에
어미 품 떠난 낙엽들이
바람 따라 방황 하는데
지나간 계절
말없던 속사랑을
그 때는 왜 몰랐을까?

뒤늦게 알 것 같건만
바람에 등 떠밀려서야
이별이 아픔인걸 알았네.

가을 14.

떨어진 꽃

이월의 하늘에
신기루처럼 떠오르는
생전의 아버지 모습
짧았던 당신의 일생
노심초사 나 키우시느라
앙상하게 남은 가슴을
내 자식 보듬어 안 듯
예리한 가슴으로 얼마나 안아 보았던가

눈물이 마르도록 울어본들
이미 시들어 떨어진 꽃 되어
해 저물어 사라진 그림자 되었네

부러지지 않는 나무

겨울맞이

가을비 무거워
노란 잎새 툭툭 떨어지고
붉게 타드는 단풍나무처럼
고뇌와 환희의 엇갈림 속에
푸르던 인생 시들어 가도
뿌리 깊이 꿈을 간직하고
차분히 겨울을 맞으리라

부러지지 않는 나무

태풍에 부러진 나무들
이곳저곳 널브러져 있고
부러져있는 나무 옆
한 나무는 멀쩡히 서 있다

소낙비에 쓸려나가는 나무들
이곳저곳 처박혀 있고
쓰러지는 나무 옆
작은 나무는 멀쩡히 서 있다

이런저런 고난과 환란이 와도
부러져도 그 자리에 서 있고
쓸려 내려가다가도 서 있는
그런 잘 이기는 너 이기를

부러지지 않는 나무

가을 17.

열린 문

쪽 창문 너머로 보이는
청아한 가을 하늘
열린 문으로 나팔꽃들이
슬며시 넘겨다 봅니다.

하늘이 열리고
초록빛 잎새에
가을볕 앉으면
매미는 아직도
남은 시간들을
노래합니다.

꽃들도 씨를 내리고 지지만
저 하늘을 본다는 것은
내게 내린 축복인데
오늘은 앙다물었던
입에 미소를 담아봅니다

가을 18.

잎새 한 장

카페 유리창에 비치는
갈색 잎새 한 장
커피잔 속에 떠 있네

마시자니 사라버리고
잔을 내려놓으면
황금 잎새 그 속에 있네

가을 19.

고운 모습

가을이 떠나려고 하네요
색동저고리 고운 모습
더 이상 볼 수가 없네요

바람가는 대로

단풍들이 바람가는대로
힘없이 빙그르 떨어지네
아직 떨어질 때가 아니데

황금들녘

황금 들녘

찬 서리를 맞고

쓸쓸한 허허벌판으로 변한다

가을 22.

깊은 가을

서쪽 하늘 노을이 더 붉여졌다가
흩어져 물드니 가을이 깊어졌다

부러지지 않는 나무

가을 23.

가득하길

가을꽃

가을열매

가을노을

가을풍경

가을친구

가득하여지길

가을 24.

가을 달

내 인생의 찬란한 가을 달
또 기대하며 맞이하길

부러지지 않는 나무

속삭임

가을의 속삭임

기쁨가득

열매가득

행복가득

부러지지 않는 나무

다섯걸음

그대 마음속에
타인의 가슴 속에도
난 행복한 사람이고 싶다.

사 ~ 랑 ~ 하 ~ 는 ~ 동 ~ 안

내가 찾는 행복은

내가 찾는 행복은
따스한 햇살 속에
고즈넉이 피어 있는 들꽃 속에 있다네

내가 바라는 행복은
새벽 여명 속 들려지는
말씀 속에 있다네

내가 누리는 행복은
소소한 일상 속
그 분의 인도를 받는다는 것이네

그대 마음속에
타인의 가슴 속에도
난 행복한 사람이고 싶다.

보이지 않는 벽

요즈음 모두가 벽이 되어간다
잘 나가는 사람도 방콕 하던 사람도
한 공간에 머물지 못하고
마주보지도 못하는 시간들이 많아졌다

살아있는 줄도 모르고
죽은 자의 삶을 살아가야 한다

예전에 아무렇치도 않았던 일들이
기다림이 되어있고
그립다 기다려지는 오늘은 살아간다.
우리는 언제 자유로워질 것인가

진정한 가치

가족을 사랑하는 마음
이웃을 사랑하는 마음
나를 사랑하는 마음
진정한 가치를 찾는다

늙어가는 것은 서글프다
익어가는 것은 아름답다
시간이 주는 신비의 축복
진정한 가치를 찾아가는 당신
익어가는 당신 아름답다

사랑아~

소나기가 왔다
그 사람이 왔다
소나기가 갔다
그 사람도 갔다

사랑도 아니고
그리움도 아닌
인생도 아니고
행복인가
이별인가
슬픔인가

아니다 사랑은 기다림 이란다

부러지지 않는 나무

이것이 삶이라지.

사랑은 더 깊게
감사는 더 넓게
기쁨은 더 가까이
이것이 삶이라지.

고난은 이기고
환난은 뛰어넘고
슬픔은 나누고
이것이 삶이라지.

멀지 않아

겨우내 움츠러들었다가 조금씩 기지개를 켜니
가지마다 대롱대롱 매달린 꽃눈마다 오동통 살이 올라 터
뜨릴 날, 멀찍이 들려오던 새소리의 주인들도 하나둘 찾
아들 듯 나뭇가지에서 노래축제를 꽃에 별로 관심이 없던
시간이 자나면 눈길이 머물러 아름다움을 노래한다.

지천으로 널려 있어서 흔하지만 맑고 순수한 유채꽃
추위를 이겨내고 비와 바람 속에서 너의 자리에서 즐거
움을 주기는 힘 들거야, 그래서 힘 들 거야 너무 힘들어
하지 말라 다 괜찮다. 지금이 지나가며 다 좋아 질거야
힘 돌아본다

봄소식을 실어 나르는 바람도 매섭지 않고 온화 하다 햇
살도 따사로워 대지는 부드러워지고 나무와 꽃들은 들
썩인다
멀지 않아 꽃동산이 장관을 이루겠지

사랑하는 동안 1

사랑하는 동안
아파하지 말며
서로의 가슴에
상처 남기지 말자

사랑하는 동안
서로 이해하고
서로 사랑하자
잃어버린 것이
있을지라도 포용하자

사랑하는 동안
하늘을 보며 살자
하늘 땅 보다 높고 넓은
사랑을 생각하자

사랑하는 동안
나는 너에게
무엇이 될 것인가
너는 나에게
어떤 의미가 될 것인가 고민하자

사랑하는 동안
들꽃처럼 머물자
오래도록 든든한
서로의 가슴에 물들자

사랑하는 동안
사랑하는 사람에게
주는 것이라 생각하며
아까워하지 말자
사랑의 완성은 주는 것이라

부러지지 않는 나무

참 다행입니다

당신을 찾게 되었던 제가 얼마나 다행인지요.

저에게 바라시는 것 없이
저를 위해 무조건 다 해주시는 사랑
더운 날 먼 길을 타박타박 걸으면서도
추운 날 밤길을 찬바람 앞에 걸으면서도
당신을 생각하면서 음악을 들으며 걷는 길은
아늑한 오솔길이 되어주었지요

밤하늘의 별들도 친구가 되어주었지요
하나도 무섭지 않고 하나도 피곤하지 않고
하나도 외롭지 않고 그 누구도 밉지 않고
저는 조금씩 착해져 갔지요

눈물이 나오려고 할 때면
원망이 생겨나려고 할 때면
저를 사랑해주시는 고마운 당신을 생각합니다
저를 아껴주시는 선하신 당신을 생각합니다
저를 걱정해주시는 은혜로운 당신을 생각합니다

너무나 좋으신 주님!

제가 당신처럼 사랑으로 향기로운 사람이 될 때까지
저를 떠나지 말아주세요
당신과 저를 위해 기도할게요.

내 모든 삶 만지시네

그가
나를 만지시네
은혜를 주시네
그분만 아시네

그가 만지시네
울지 말라시네
사랑한다시네

내가 찾던 그 분이네
나를 오라 하지만
난 달음질하여 도망가네
복수하러 가는 것 아니라
배려하러 가는 것 아니라
두려움에 도망하네

구해줘서 고마워요

사과할까요

고백할까요

용서할까요

부러지지 않는 나무

신앙

신앙의 혼란을 주신 것도
신앙의 심지를 주신 것도
신앙의 환희를 주신 것도
모두 모두 감사하다.

오직 한 길

젊은이는 늙어지고
늙어지면 죽는다.

젊은이들이 여러 갈래 길 걸어가고
늙어지면 오직 한 길 밖에 가지 못한다.

나는 젊은이인가?
늙은이인가?

부러지지 않는 나무

홀씨 1

지난밤 누군가
홀씨를 뿌렸나
난 뿌리지 않았는데

노오란 인도석
작은 틈새에
피어난 앙증맞은 꽃 한 송이
행여 사람에게 상처날까
작은 돌맹이를 옆에 놓아본다.

홀씨 2

아직 살아온 날 보다
살아갈 날이 많았던 정겨운 친구
어느 날 홀씨처럼 내 곁을 떠났다.

먼저 가서 자리를 잡고
살아간 날 다한 후에 만나자 약속하며
바람에 몸 실어 날아간다.

당신을 사랑해서

당신을 사랑해서
삶의 꽃을 피우고
향기를 가득 품고 있으리

당신을 사랑해서가 아니라면
꽃은 피어 무엇하리요
당신 사랑의 기쁨 넘쳐 꽃피우리

낙엽이 떨어질 때

나이가 들었다고 생각들 때
티브이를 보다 주인공이 되어 이야기 할 때
그냥 눈물이 흘러내릴 때
한 이야기 또 하고 있을 때

메마른 나무에 붙어있는
가녀린 잎새 하나
바람에 이리저리 꺾이지도 않고
굳게 서있는 모습 안스럽다

부러지지 않는 나무

바램

파릇파릇 봄인가 싶더니
찬바람 볼을 때리고
땅속에 얼음이 자리 잡고 있다

개구리가 잠에서 깨어 날
상추 파 양파 감자
땅속으로 이사를 한다

그분이 만드셨고
그분이 자라게 하시니
땅속에서 아름다운 삶이 있다

생명의 꽃

바람이 고요히 머무는 길에
잔잔히 흘러가는 도랑소리에
그에 가슴에 누워
쿵쿵거리는 심장의 숨결
따뜻한 사랑이 전해져 온다

나는 높은 곳에 서 길 원해요
나는 많은 것을 갖길 원해요
나는 아름다운 사람 되길
당신은 낮아지길 원했지요

낮은 자리에 앉은 그대를 좋아해요
영원히 언제나 나를 사랑해 주오
그대 사랑 언제나
소망과 기쁨 주지만
마음 한 켠 평안하지 못해
두려움과 고통이 있지요

부러지지 않는 나무

송명희의 시
나는 가진 제물 없으나
난 드릴 것이 있어요
오직 나만 사랑한 당신을 향한 마음

내가 사랑하는 님이여
나를 사랑하는 님이여
나 항상 그대를 기억하며 살리라

가로등

늦은 밤 쓸쓸이 창가를 보니
반짝이는 가로등이 유혹한다.

희미한 가로등에 기대서
멋진 포즈를 취해본다

어두움 속에 보여줄 사람 없어도
가로등에 등 맡기고 다리 꼬며 서서
하늘에 별을 벗 삼아 가로등 아래 얼굴을 붉힌다

사랑의 비

어제는 봄비가 내려네
맑은 이슬 떨어졌네
비가 되어 내린다

우산 하나 나의 몸 하나 가리겠지만
사랑의 빗물은 가릴 수 없네

사랑의 비가 내리네 두 눈을 꼭 감아도
사랑의 비가 내리네 귀를 막아도

쉬지 않고 비가 내리네
눈물 같은 사랑의 비가
피곤한 내 몸을 적셔다오

길가 꽃잎 우산 없이 비를
꿈속에 활짝 피었네
밤새 창을 두드린 비
나의 간절한 소리를 듣고 있나
사랑의 비야 나를 적셔다오
사랑의 비야 그를 적셔다오

부러지지 않는 나무

2024년 4월 5일 인쇄
2024년 4월 11일 발행

지은이 / 신 태 용
펴낸곳 / ㈜대한출판
등 록 / 2007년 6월 15일 제3호
주 소 / 충북 청주시 청원구 북이면 내수로 796-68
전 화 / TEL. 043) 213-6761 / FAX. 043) 213-6764

ISBN : 979-11-5819-097-2
값 : 10000 원

◈ 이 책은 대한기독문인회 빛누리출판 사업으로
㈜대한출판의 지원을 받아 발간하였습니다.
● 잘못된 책은 바꿔드립니다.
● 이 책의 전부 또는 일부 내용을 재사용하려면 사전에
저작권자와 ㈜대한출판의 동의를 받아야 합니다.